Helô Anifeiliaid!

Helô Anifeiliaid!

Ian Whybrow

Tim Warnes

Addasiad Sioned Lleinau

Gomer

Coc-a-dŵdl-dŵ!

Wyt ti'n barod am sbort a sbri?
Awn o gwmpas y fferm, un, dau, tri!

Beth am groesi'r ddôl ar ras
Gael gweld pwy sy'n cysgu'n y borfa las?

Helô, Dafad!

Baaa, baaa, baaa!

Dyma'r twlc – yn dwt a chlyd –
Cartre'r moch bach dela'n y byd!

Helô, Mochyn!

Soch, Soch, Soch!

Pwy sydd yma'n clwydo'n braf?
Iâr fach goch ar ddydd o haf.

Helô, Iâr!

Clwc, clwc, clwc!

Pwy sy'n cuddio dan y brigau bach?
Cywion bychain melyn, yn llon ac iach!

Helô, Cyw!

Twît, twît, twît!

Draw i'r sgubor ym mhen draw'r clos.
Pwy sydd yno ond y fuwch fach dlos!

Helô, Buwch!

Mŵ, mŵ, mŵ!

Pwy sydd yn y pwll fan draw?
Hwyaden sy'n padlo ynghanol y baw.

Helô, Hwyaden!

Cwac, cwac, cwac!

Pwy sy'n y stabl yn bwyta o hyd?
Ceffyl sydd yno, yn smotiau i gyd.

Helô, Ceffyl!

Hîîî, hîîî, hîîî!

Dyna le prysur yw'n fferm fach ni!
Ond daeth yr amser i ffarwelio â chi.

Hwyl fawr, Buwch!
Mŵ, mŵ, mŵ!

Hwyl fawr, Iâr!
Clwc, clwc, clwc!

Hwyl fawr, Moch!
Soch, soch, soch!

Hwyl fawr, Cywion!
Twît, twît, twît!

Hwyl fawr, Dafad!
Baaa, baaa, baaa!

Hwyl fawr, Hwyaden!
Cwac, cwac, cwac!

Hwyl fawr, Ceffyl!
Hîîî, hîîî, hîîî!

Llond fferm o hwyl a sbort a sbri!
Beth am ddechrau eto . . . ar ôl tri?

"Wyt ti'n barod, Ella Rose? Brysia wir ar draws y clos!"
Gyda helô fawr a chusan. – I.W.

I Nick, Anna, Fraser ac Alex:
"Helô ffrindiau!" – T.W.

Cyhoeddwyd gyntaf ym Mhrydain yn 2005
gan Macmillan Children's Books
Rhan o Macmillan Publishers Ltd
20 New Wharf Road, Llundain N1 9RR
Basingstoke a Rhydychen
Cwmnïoedd cysylltiedig bydeang
www.panmacmillan.com
Cyhoeddwyd gyntaf yng Nghymru gan
Wasg Gomer, Llandysul, Ceredigion, SA44 4JL
www.gomer.co.uk
ISBN 1 84323 711 3
ISBN-13 9781843237112

Argraffwyd yn China